JEAN BONIN

LA VIEILLESSE

DE

VICTOR HUGO

POÉSIE

PARIS

AUGUSTE GHIO, ÉDITEUR

'AIS-ROYAL, 1, 3, 5, 7, GALERIE D'ORLÉANS

1881

LA VIEILLESSE.

DE

VICTOR HUGO

POÉSIE

IMPRIMERIE D..BARDIN. A SAINT-GERMAIN

JEAN BONIN

LA VIEILLESSE

DE

VICTOR HUGO

POÉSIE

*Qui a obtenu une médaille de bronze (7ᵉ prix au 24ᵉ concours
poétique du Midi de la France,*

Au plus grand front de ce siècle
Je suis le ver de terre amoureux d'une étoile,
Sans ailes, ne pouvant voguer à toute voile
Vers le ciel bleu, je creuse un trou dans le sillon.
Oh ! ne repousse pas le modeste embryon,
S'il ose jusqu'à toi porter sa vue intime...
Puisqu'il vit de ton temps, Hugo, le ver s'estime
Heureux de se chauffer, chétif et sans sommeil,
Aux rayons éclatants, mais doux de ton soleil !

J. BONIN.

PARIS

AUGUSTE GHIO, ÉDITEUR

PALAIS-ROYAL, 1, 3, 5, 7, GALERIE D'ORLÉANS

1881

LA

VIEILLESSE DE VICTOR HUGO

I

Dans un livre profond comme un long regard d'ange,
Pascal a dit de l'homme avec sa verve étrange :
« Ce n'est qu'un roseau ; mais c'est un roseau pensant ! »
Un grand poëte, alors, est un chêne puissant
Qui triomphe toujours de la sinistre ronde
Des vents, et qui tient tête à l'orage qui gronde.
Le tonnerre peut bien, lui, l'effroi des hameaux,
Dévaster sa verdure et briser ses rameaux ;
Mais pour lui résister le chêne est plein de force,
Solide est son vieux tronc et rude est son écorce !

Ainsi notre géant contemporain, Hugo,

Ce vieux « chêne pensant » dont le fidèle écho

Redit partout le nom éblouissant de gloire,

Résiste, avec succès, à la tempête noire

De brumes et d'écueils. L'éclair terrible et prompt

Le frappe ; mais pour mieux auréoler son front !

Et de ce front superbe, immense fourmilière

De la pensée humaine, il sort de la lumière !

Aussi le Temps, qui fauche et n'est jamais à bout,

Pour notre honneur à tous l'a maintenu debout.

Mais il a dû subir des outrages sans nombre,

A son soleil couchant il a vu plus d'une ombre :

Conspué dans l'exil, poursuivi du Hasard,

Accablé de défis par Zoïle et César,

Ce barde olympien dont la Muse a des ailes,

Fut traqué par les loups affamés de Bruxelles ! (1)

Mais jamais insensible au doux mot de pitié,

Même pour ses Judas il a de l'amitié,   mes!

Tant est sincère et grand son noble amour des hom-

---

(1) Allusion aux provocations de la populace de Bruxelles en 1871.

Ah ! les jeunes vont vite en ce siècle où nous sommes.

L'inexorable Mort, la Mort au front hideux,

Sur ses fils pleins de joie et d'amour, sur tous deux !

Vint étendre sa main pesante et décharnée.

Était-il donc écrit, en cette horrible année

Où la France n'était qu'un immense linceul :

Qu' « à peine revenu l'Exilé serait seul ;

Que le Sort confondrait dans la même hécatombe

Le pays qu'on mutile et la maison qui tombe?»

En vain, pourtant, la Mort le frappe en pleine chair,

En lui prenant ses fils, de ses biens le plus cher...

Il porte le front haut devant elle et l'observe :

— « Arrête ! lui dit-il, Dieu veut que l'on conserve

Au moins les innocents, car ils sont l'avenir;

Tu n'en as pas besoin ; laisse-moi les bénir !..

O mon cher petit George ! ô ma mignonne Jeanne !

Chérubins qui jouez avec mes cheveux blancs,

Aux baisers du soleil, d'où toute joie émane,

Ranimez la vigueur de vos membres tremblants.

Le temps n'est pas venu de feuilleter le Livre.

Jouez, petits, vivez; pour vous, jouer c'est vivre !

Surtout, répétez-moi vos chants délicieux.

Allons, Georges-Bluet! allons, Jeanne-la-Rose!

Essayez de grandir! plus de bouche morose!   [cieux!»

Que vos chants, doux parfums, s'élèvent jusqu'aux

II

Ainsi parlait Hugo, le sublime grand-père.

La Mort fit grâce et dit de sa voix sourde: « Espère! »

Et l'on vit à la fin renaître les beaux jours.

Le peuple de Paris, en l'acclamant toujours,

Sécha les pleurs de l'homme et sourit au poète.

Et cet homme oublia la souffrance inquiète

Dont il fut dévoré pendant vingt ans. Proscrit

Ayant souffert pour tous ainsi que Jésus-Christ!

Et l'on vit se passer un fait superbe, unique,

Honorant le Génie avec la République:

Dédaignant l'étiquette absurde d'autrefois,

Et de la Calomnie étouffant les cent voix,

Un empereur (1), un digne et véritable Mage
Antique, est allé rendre un éclatant hommage
A l'homme dont la plume, en ses justes fureurs,
A lancé l'anathème à tous les empereurs !
Ah ! si le roy-soleil que l'histoire nous prône,
Las enfin de l'orgie et des splendeurs du trône
Où semblaient le clouer d'infimes courtisans,
Pour saluer Corneille accablé par les ans,
Un jour s'en fût allé se proclamer son hôte,
Sa gloire serait double et son âme plus haute !
Car fût-on Majesté, fît-on le premier pas
Au-devant d'un grand homme, on ne s'abaisse pas.

III

La Nature, une fois par an, avec ivresse,
Comme une bonne mère au cœur plein de tendresse,

(1) Dom Pedro II, empereur du Brésil.

Produit de quoi nourrir le Corps du Genre-Humain.
Le Penseur, à son tour, par un autre chemin,
— Au moyen de l'Idée immortelle et féconde —
Voulant nourrir l'Esprit d'une façon profonde,
Enfante chaque année un chef-d'œuvre de plus
Où triomphe le Bien, d'où le Mal est exclus.
Ah! Français! songez-y: la Poésie ardente
Est un levier puissant: rappelez-vous le Dante,
Tasse, Shakespeare, Goëthe et Corneille et Schiller!
Ils ont jeté dans l'ombre un lumineux éclair,
Et d'eux il reste un acte, un progrès, une idée,
Une Aspiration aujourd'hui fécondée
Et dont nous jouissons ; mais qui de leur vivant,
Aux uns valut l'exil, aux autres, bien souvent,
Mit des pleurs dans les yeux et des rages dans l'âme !
Et c'est ainsi qu'Hugo fit pénétrer sa flamme
Au fond de tous les cœurs, parfois, non sans péril.
Étant homme il vieillit ; mais il reste viril;
Rude et ferme au labeur, à la peine insensible,
Etant infatigable il s'est fait invincible!
La vieillesse pour lui, non, ce n'est pas l'hiver..

C'est un second printemps où tout encore est vert,
Où tout garde sa sève et conserve sa grâce,
Où l'amour communique à tout ce qu'il embrasse
Son feu le plus fécond. Du poète vainqueur
L'âge n'a pu vieillir ni l'esprit ni le cœur.
Le corps même résiste au Temps. Noble bataille !
Voltaire trouve enfin un homme de sa taille.
Il ébauche un sourire au fond de son cercueil :
— « Bravo, Français ! dit-il, je vois avec orgueil,
Hugo — le plus grand nom de votre siècle immense —
Jeter à pleines mains la fertile semence
D'où le juste, le bon et le beau sortiront...
Ajoutez ma couronne aux lauriers de son front ! »

IV

Le poète est un roi ; mais un roi populaire
Dont l'être infâme, seul, doit craindre la colère.
Honorons donc Hugo, ce digne successeur
De Voltaire, le noble et le brillant penseur !

Laissons enfin dormir la gloire sombre et vaine
Des batailles qui fait se déchirer la veine
D'où sort le plus pur sang de notre Humanité
Oh! cette gloire-là, laissons-la de côté!
Dieu veuille que bientôt la vieille Europe, lasse,
Lui marchande au soleil la plus infime place...
Car, ô gloire qui tue! il faudra bien finir
Par rentrer dans cette ombre où t'attend l'Avenir
Il est une autre gloire et plus belle et plus douce,
Qui fait le Calme au lieu de faire la Secousse,
Qui substitue au sabre un livre, où, dans sa main,
Chacun apprend à vivre en devenant humain.
Et cette gloire-là, c'est celle du Génie,
C'est celle du poète! En vain on la renie;
Comme le Droit qu'on viole et comme la Raison
Qu'on fausse, elle revient toujours à l'horizon!
Salut donc au Génie! et que son nom magique
Résonne jusqu'au fond de toute âme énergique!
Qu'il plane fièrement sur les Mondes charmés,
Attendrissant les forts, calmant les affamés;
Que par sa Bonté seule illustrant notre histoire,

Il remporte à jamais la suprême victoire

Et fasse enfin tomber aux pieds des combattants

L'arme qui, sans pitié, nous blessa si longtemps :

L'*Ignorance!* Il nous faut le grand jour qui domine

Et non la lampe étroite et pâle de la mine !

Penseur, guide-nous donc ! poète, éclaire-nous !

Tente de relever ceux qui sont à genoux.

Et nous, faibles, dont il hâte la délivrance,

Puissions-nous le voir vivre au sein de notre France,

Jusqu'à la fin d'un siècle illustré par son nom.

Qu'un Dieu juste et clément ne nous dise pas : non !

Sachant que le géant à l'âme surhumaine,

S'il n'est pas revêtu de la pourpre romaine,

De tout peuple vaincu peut alléger la croix,

Car le plus grand poète est le meilleur des rois !

Imprimerie D. Bardin, à Saint-Germain.

CHEZ LE MÊME EDITEUR

Imp. D. Bardin, à Saint-Germain.

www.ingramcontent.com/pod-product-compliance
Lightning Source LLC
Chambersburg PA
CBHW061530170626
46811CB00004B/1906